Bipolivre

À ma fille, Dana, sans qui je
n'aurais pas eu la force de survivre …

Edition : Books on Demand,
12/14 rond-Point des Champs-Elysées, 75008 Paris
Impression : BoD - Books on Demand, Norderstedt, Allemagne
ISBN : 9782322147489
Dépôt légal : Août 2019

Bipolivre

Préface

Toubib or not toubib, that is the question...

Depuis ma plus tendre enfance, et dieu sait qu'elle remonte à loin, j'ai fréquenté divers milieux hospitaliers et consulté pas mal de médecins, ayant une santé assez médiocre et un petit corps souvent enclin à me donner du fil à retordre. J'ai commencé par le rachitisme, une scoliose, des allergies au lactose et à 7 ans et demi, j'ai eu un volvulus du sigmoïde brillamment diagnostiqué par le docteur de l'époque dont je tairai le nom dans un souci d'anonymat.

(Définition :

Volvulus est un terme latin qui désigne le retournement d'un tube sur lui-même, formant ainsi une boucle qui s'étrangle à la base. Le volvulus du sigmoïde est donc une torsion de la partie terminale du côlon, responsable d'une obstruction de l'intérieur du conduit digestif.

Il peut également être responsable d'une compression de certains vaisseaux sanguins, ce qui peut entrainer une nécrose, c'est-à-dire la mort des cellules qui ne sont plus alimentées en oxygène, si le volvulus n'est pas rapidement pris en charge. Ainsi, la progression des matières n'est plus possible et il en résulte un arrêt du transit.)

Aussi loin que cet événement puisse remonter, il reste à jamais gravé dans ma mémoire du début à la fin. Des premiers mots du médecin, je cite " Vous avez huit minutes pour l'amener à l'hôpital ou elle y reste !" à l'attente interminable de l'anesthésiste qui habite à une heure de l'endroit où je dois me faire opérer à la base, puis charcuter par la suite, un métier en cachant un autre (oui ça fonctionne comme les trains). Arrivée à l'hôpital, après avoir connu un premier toucher rectal, qui, s'il m'a sauvé la vie, m'a tout autant laissé un goût amer vu mon jeune âge... et après m'avoir entièrement déshabillée et allongée sur la table post opératoire (après le toucher, l'exhibition publique...), du haut de mes sept ans et demi, je me sentais comme une bête de foire pendant que des médecins s'affairaient devant les radios comme si j'étais le cas de l'année. J'entendis un d'entre eux murmurer " Un cas tous les dix ans en France, tu as vu ça … quel travail ! "

Pendant que tout ce petit monde commentait mon intestin complétement entortillé, j'étais tordue de douleur, nue comme un ver, n'attendant qu'une chose, qu'on mette fin à ma souffrance. Enfin l'anesthésiste tant attendu arriva (on était loin des 8 minutes) et j'accueillis le masque pour m'endormir comme la délivrance que je n'avais que trop attendue.

Les années qui s'en suivirent furent une perpétuelle prise de médicaments suite à une mauvaise cicatrisation et des adhérences constantes de mon intestin. Bref, j'avais appris à vivre avec des fruits sans peaux, pas de ceci, pas de cela… jusqu'au moment où j'ai changé de région.

Bipolivre

La Côte d'Azur, son soleil, ses orangers, son ciel bleu... tout allait pour le mieux dans le meilleur des mondes. La cuisine méditerranéenne, la bonne huile d'olive, tous les éléments nécessaires à une nutrition bénéfique pour la santé. Mon intestin qui ne m'avait point cherché querelle depuis quelques temps décida qu'il était temps de faire un petit rappel à l'ordre. J'éliminai donc toute source d'irritation externe afin que la douleur épargne mon colon. C'était sans compter sur différentes allergies alimentaires qui n'allaient pas tarder à conquérir mon grand corps malade (et le faire déchanter, du coup).

Plus de pain, de levures, de produits laitiers, d'agrumes qui irritent, etc, bref quand tu as l'intestin collé, tu peux manger... euh du riz à l'eau, euh du riz aux carottes, euh du riz pilaf... le champ des possibilités se restreint vite. A la fin, tu ne ris plus du tout.

De temps en temps, quand ta famille en a marre de vivre en Chine, tu élargis ton régime et tu manges comme un humain normal.

Mais là, c'est la catastrophe. Tout retombe en quinze minutes, presque intact. Quand tu passes à peu près dix fois sur tes toilettes pendant une journée tu te dis, bon, je vais voir un spécialiste. Et là, le cauchemar commence. Pour moi, il a commencé en 2005. En quête du Saint Graal, à savoir un gastro-entérologue digne de ce nom, je demandai conseil autour de moi.

Miss Volvulus, ainsi me suis-je renommée, commença par le Dr X. Coloscopie, endoscopie, biopsie, biduloscopie bref... RAS. Conclusion : transit rapide. Youpi quel scoop.

Je suis un traitement. La situation empire. On me dit " Il ne faut jamais prendre tel médicament quand on a eu un volvulus". "Euh... c'est vous qui me l'avez prescrit."

S'en suivent d'autres examens plus répugnants les uns que les autres dont je vous épargnerai les détails scatos peu ragoutants. Je ne m'y arrêterai pas car la matière fait cale...

Bipolivre

On me fait avaler une solution barytée pour tester l'intestin grêle, une espèce de pâte blanche opaque infâme que je n'aurais pas fait boire à mon pire ennemi, même sous la pire des tortures et on me dit d'attendre une heure trente que ça descende. 15 minutes plus tard, le produit est déjà descendu. Conclusion : transit rapide. Re youpi

Les années défilent, je teste d'autres spécialistes, les plus grands pontes, le grand Stroumpf de la gastro, le professeur Y. Il voit que je suis originaire de Belfort, flatté que je vienne le voir de si loin, ce à quoi je lui réplique " J'ai un problème de transit"...Il semble amusé, et s'en suit tout naturellement toute une batterie d'examens, recherche de la maladie Cœliaque, de Chrohn, etc...

(Petites définitions : La Maladie Cœliaque (MC) est une intolérance permanente à une ou plusieurs fractions protéiques du gluten. Elle provoque une atrophie villositaire (destruction des villosités de l'intestin grêle).

Il s'ensuit une malabsorption des nutriments, en particulier du fer, du calcium et de l'acide folique.

La maladie de Crohn est une maladie inflammatoire chronique du système digestif, qui évolue par poussées (ou crises) et phases de rémission. Elle se caractérise principalement par des crises de douleurs abdominales et de diarrhée, qui peuvent durer plusieurs semaines ou plusieurs mois. Fatigue, perte de poids et même dénutrition peuvent survenir si aucun traitement n'est entrepris. Dans certains cas, des symptômes non digestifs, qui touchent la peau, les articulations ou les yeux peuvent être associés à la maladie.).

Prises de sang, prises de tête, prélèvements, radios, coloscopies...

Conclusion : Syndrome de l'intestin irritable. Transit rapide. Re re youpi.

Traitement inefficace. 2014,2015, la situation empire et je contre-attaque (Notez que l'humour reste intact).

Trois médecins arrivent à la même conclusion mais pendant ce temps, je maigris à vue d'œil et mon compte en banque aussi. Le spécialiste le moins cher te demande 70 euros et si tu rajoutes des prises de sang à 75 euros chacune non remboursées, plus des boites de médicaments à 50 euros ou 145 euros, il faut avoir les moyens d'être malade ou payer une mutuelle qui te coûtera 200 euros par mois. A méditer...

Donc après avoir constaté l'incompétence de certains médecins aux tarifs non justifiés, il va s'en dire qu'on attend un minimum de suivi et surtout d'écoute quand on est malade. Il existe des kits pour monter un meuble seul mais essayez de vous opérer tout seul, ça me semble bien difficile.

Je tente, dans un élan d'espoir me caractérisant en cette nouvelle année de donner sa chance à un nouvel élu.

Bipolivre

Le Dr Z. Ce dernier me reçoit dans son cabinet privé et me découvre une calcification au foie. Je raconte mon histoire de A à Z (c'est le cas de le dire) et ce dernier me prescrit un nouveau médicament. Il faut avaler sans eau des granules qui sont dures comme des graviers. Franchement, les galets de Nice sont plus appétissants. Revenez me voir dans 15 jours. 15 jours après, plus de douleurs abdominales abominables mais tous les aliments retombent intacts, en 15 minutes...Je retourne le voir, amaigrie de deux kilos, tenant à peine sur mes jambes. Il regarde à peine les résultats d'analyse et me dit, alors que je suis à la limite de l'évanouissement tant je suis épuisée, " Je note un net progrès, continuez le traitement." "Docteur, je vous avais signalé que j'ai des brûlures au niveau de l'œsophage et là, elles empirent." "Oui, je ne vous ai rien donné pour ça. " Moi, dans ma tête, euh et là, je peux avoir quelque chose ?" Apparemment, je lui fais perdre son temps.

Conclusion : je lui donne 70 euros pour continuer un traitement qui ne soigne pas la cause du problème et qui n'est même pas remboursé !

Pendant ce temps, les joies de la cinquantaine arrivant avec son lot de désagréments, je fais une hémorragie dans la nuit. Impossible de sortir de chez moi. J'obtiens un rendez-vous en urgence (deux jours après, histoire de claquer en toute quiétude). Après avoir patienté une heure 15 dans la salle d'attente, le docteur W me reçoit. " Quel est votre problème ? " "J'ai fait une hémorragie et une réaction allergique au médicament que vous m'avez prescrit pour la stopper". Réponse du médecin : " Ben arrêtez-le et prenez du WWW". " C'est une allergie au WWW justement " (En gros, il ne sait même pas ce qu'il m'a prescrit).

"Vous avez toujours l'hémorragie ?". "Plus maintenant, mais j'ai des nausées, des vertiges et je ne tiens pas debout"

Réponse " Ben alors, qu'est-ce-que vous voulez que je fasse ?"

Bipolivre

Dans ma tête (A la base ducon, tu es sensé me soigner, je me sens mal à cause de ton putain de médicament, écoute-moi et conseille moi du fer, des oligos éléments, un autre médicament, je ne sais pas quoi, mais intéresse toi à mon cas cinq minutes, ou au moins, montre un semblant de compassion).

Et là, contre toute attente, " Vous voulez que je vous hospitalise ? Et pour quelle raison ? ". Là, je suis dans la quatrième dimension. Il me dit, "allez voir le docteur XXX, je l'appelle pour vous ? "

Moi, toujours dans ma tête " Pourquoi il m'envoie chez un confrère ? "

"Il est généraliste ?"

"Oui, mais c'est le chef des chefs, il sait tout faire ! Voyez avec lui !"

Je m'imagine déjà avec le pâtissier zingueur de la polyclinique, prêt à me sauver car "c'est lui le grand chef !!!!" (Pouic Pouic Louis de Funès).

Je ressors abasourdie, dégoûtée de la médecine traditionnelle vers laquelle je me détourne de plus en plus. Dès que le médecin découvre un nouveau patient, tout n'est que ronds de jambes et promesses de guérison. Malheureusement, seul votre porte-monnaie se retrouve soulagé. On se croirait retourné à l'époque de Molière où l'on proposait une saignée pour tout guérir même lorsque le patient avait une hémorragie. Si Jean Baptiste était encore là, il aurait pu tourner en dérision tous ces grands pontes dont le pédantisme n'a rien à envier à l'incompétence qui les caractérise.

Bipolivre

Chapitre 1

2018, début d'une longue série…

On ne prend conscience de ce que représente une situation que lorsqu'on la vit. Prenons l'exemple de la privation d'un membre du corps dont on se sert à chaque moment de son existence. Eh bien le jour où vous devez en faire abstraction, les gestes du quotidien deviennent insurmontables pour certains et extrêmement difficiles pour d'autres. De plus, ce qui est tolérable sur quelques jours devient problématique au bout de quelques semaines. Voici quelques exemples concrets : S'il n'est pas facile de manger sans sa main habituelle, il est impossible de se couper les ongles de la main valide par exemple, ou de s'épiler. Il faut donc s'habituer à ressembler à un gorille du même côté car dame nature n'arrête pas sa pousse pour vous faire plaisir. Les aisselles se recouvrent d'un joli duvet, qui, s'il est doux au toucher dans les premiers jours, se transforme vite en jungle tropicale où la sueur s'épanouira dans une joie non dissimulée.

Bipolivre

Dans une tentative audacieuse de mettre du déodorant, le poignet tordu esquivera lamentablement la trajectoire pour s'envoler vers les voies respiratoires et vous faire tousser et éternuer jusqu'à ce que les quintes de toux et l'œil larmoyant vous obligent à utiliser maladroitement un mouchoir de la main gauche, ce dernier se déchirant sous le geyser de morve s'écoulant dans la main valide qu'il faudra auto-nettoyer et essuyer.

Avez-vous déjà essayé de vous brosser les dents de la main gauche ou de vous laver d'une seule main, cette même main qui, savonnée, doit empoigner la douche pour rincer la mousse et le shampooing. Le séchage peut également s'avérer périlleux. Je mets au défi quiconque de se sécher et brosser les cheveux en même temps. Vous ne vous êtes jamais posé la question, mais en fait il faut devenir astucieux ou contorsionniste et s'aider de ses pieds. Quand on est une femme, on ne sort pas après avoir passé furtivement la main dans les cheveux et tapoté ses joues virilement avec une eau de Cologne bon marché.

Bipolivre

On applique des crèmes, des lotions, des gels, du maquillage, des masques, des gommages, etc… Enfin, nos ablutions suivent un rituel protocolaire car si on n'aime pas l'image que l'on renvoie, on ne peut pas guérir et être heureux.   Une fois que vous vous êtes essuyée, les habits que vous aviez préparés sont trempés par le jet de la douche qui a entièrement inondé la salle de bain. En sortant de la baignoire, vous remettez les pieds dans l'eau car le sol s'apparente à une rivière en pleine crue.

Toujours en vous contorsionnant, vous empoignez une serpillière, essuyez et essorez de la même main le sol trempé, sans oublier la serviette de toilette que vous tentez de retenir sur votre dos en manquant de vous fracasser sur le sol glissant. Maintenant, imaginez que vous devez recouvrir chaque pustule de votre corps avec une crème grasse résistant à l'eau, car vous avez une maladie de peau. Les endroits inaccessibles avec deux mains vous rendent dépendant d'une âme charitable qui devra vous enduire de cette pâte indécollable.

Bipolivre

Tout ce que vous empoignez ensuite vous échappe de la main et vos habits sont littéralement collés à vous. A ce moment précis, le téléphone sonne. Répondre avec une main enduite de crème à un téléphone tactile, le corps courbé soutenant toujours la serviette, l'autre serviette destinée à vous sécher les cheveux masquant toute visibilité...mission impossible. Après avoir loupé l'appel, le ballet des sms et mails reprend son cours, sans relâche aucune. Outre l'aspect esthétique peu ragoûtant, votre toilette vous occupe des heures sans qu'au final vous ayez l'impression de ressembler encore à un être humain digne de ce nom. Le sourire, timidement esquissé devant la glace, s'apparente plus à une grimace qu'à une quelconque satisfaction ou manifestation de joie. S'habiller prend un temps infini, surtout au niveau des chaussettes. La cheville contorsionnée et le mollet devenu flasque par une absence de sport récurrente vous assimile à un pantin grotesque s'acharnant sans relâche.

Quant au lassage des chaussures, je n'ai trouvé aucune solution et la fermeture éclair m'apparait comme l'invention du siècle. Être crasseux ne rend pas heureux et retarde la guérison. L'eau purifie, apaise, repose le corps et l'âme. Elle lave les souillures qui empêchent l'accès à la guérison, délasse, laisse le stress s'envoler et vous permet de vous ressourcer et ranimer les flammes énergétiques volatiles qui s'étaient égarées dans la maladie. L'eau ramène à la naissance où, bercé par le liquide amniotique maternel, le maintien des fonctions vitales en dépendait. La symbiose parfaite avec l'être qui donne la vie rend invincible et protège des agressions extérieures. L'eau est source de vie, c'est une eau de vie, une eau de là.

Bipolivre

Chapitre 2

Être handicapée

Dans un premier temps, vous prenez vous-même conscience des difficultés rencontrées par bon nombre de gens dont vous n'auriez jamais soupçonné l'endurance et les souffrances au quotidien. Le but n'est pas de m'apitoyer sur mon sort mais d'expliquer mon ressenti par rapport aux réactions de mon entourage. La première proposition fait l'unanimité. « Je peux te faire tes courses ». Génial, une fois les courses arrivées, vous vous rendez compte que vous ne pouvez pas ouvrir les paquets, que le rangement relève d'un marathon, qu'au bout d'une heure vous avez fait à manger et que vous ne pourrez pas couper la nourriture que vous avez peine à mettre dans la bouche sans en renverser partout et vous donner davantage de travail que si vous aviez avalé un sandwich.

Bipolivre

Vous ne pourrez pas faire la vaisselle d'une main parce qu'en plus votre pied vous fait souffrir et que la cloque qui s'est formée dessous vous empêche de marcher. Aller aux toilettes s'assimile au parcours du combattant et si avec un peu de chance vous avez à la fois une hémorragie et des douleurs abdominales dues à l'abus de médicaments, ou à un colon plus que taquin, vous faites une quinzaine de parcours du combattant par jour. Vous enlevez la ceinture, baissez le pantalon, vous contorsionnez pour déchirer du papier et dès que vous avez des flancs douloureux, déchargé la nature, vous repartez à cloche pieds, le bras ballant, l'œil hagard jusqu'au prochain spasme. Vous finissez par vous passer de ceinture mais votre maigreur vous rappelle que le pantalon va tomber, alors, avant de vous fracasser sur le carrelage, vous la remettez, résignée. Faire sa toilette occupe toute la matinée, donc les gens pensent que vous vous ennuyez alors que ce simple rituel quotidien vous épuise et amenuise le peu de forces qu'il vous restait.

Bipolivre

Chapitre 3

Sois sage oh ma douleur…

Peu à peu la douleur physique laisse place à la douleur morale. Il y a tout d'abord ceux qui ne parlent que de leurs problèmes et assassinent vos oreilles à coups de gémissements intempestifs comme si les vôtres ne vous suffisaient pas, ceux qui proposent une aide ponctuelle mais qui ne restent pas avec vous dans les moments difficiles alors qu'ils en auraient l'occasion et se sauvent alors que vous êtes au bord de la syncope. Vous lisez de la pitié dans les regards alors que vous auriez besoin d'amour. Vous n'arrivez pas à être aidée car vous êtes la seule à savoir ce que vous voulez. Vous voudriez que l'on comprenne ce que vous ressentez alors qu'au fond de vous, vous avez du mal à saisir ce qui vous arrive et vous ressentez le tout comme une injustice infligée par un destin peu enclin à l'optimisme.

Bipolivre

Et oui, ça n'arrive pas qu'aux autres. Cette expérience vous fait comprendre que la terre continue de tourner et que tout ne gravite pas autour de votre petite personne. Il est toutefois déroutant que l'homme qui partage votre vie soit encore moins présent alors que des personnes qui ne vous étaient à prime abord pas proches vous rendent service et s'occupent de vous.

La vie actuelle ne donne pas loisir à avoir des répits et cette situation paraît même enviable aux yeux de bons nombres de personnes. Ironiquement, on vous scande des « quelle chance de regarder la tv toute la journée », chose impossible devant le niveau des programmes et votre état de délabrement sans précédent. Vous êtes devenu dépendant et la perte d'autonomie conditionne la monotonie, l'abreuvant chaque jour davantage. Il faut panser son âme afin de panser ses blessures.

Bipolivre

Dans une autre catégorie, il y a les curieux malsains qui racontent les anecdotes du boulot pendant des heures pour balancer un « au fait ça va mieux » à la va vite entre deux phrases où ils parlent d'eux-mêmes car ils sont incapables de s'occuper des autres et ramènent tout à la médiocrité qui leur tient lieu d'existence. Vous vous voyez au travers du regard des gens et ça n'est pas toujours ce à quoi vous vous attendiez. Au travail, vous n'êtes qu'un pion remplaçable et l'on ne fait appel à vous que pour vous demander le renseignement pour effectuer les tâches à votre place mais personne ne s'intéressera à votre ressenti.

Le vieil adage « Ne fais pas à autrui ce que tu n'aimerais pas qu'on te fit » semble être tout à fait approprié dans ce cas. Votre situation vous renvoie à votre propre égocentrisme, voire votre nombrilisme exacerbé qui n'a de cesse de hanter votre quotidien.

Bipolivre

Chapitre 4

Pourquoi moi ?

Tu te demandes pourquoi la terre entière n'a pas cessé de tourner le jour où ton grand corps malade a cessé de fonctionner. Ainsi va le monde, centré sur son labeur et problèmes quotidiens de notre humble condition de mortel, parachuté dans ce carcan si fragile appelé corps humain. Tu assistes à la déchéance inéluctable de cette enveloppe, qui, si tu en avais eu le choix, eût été plus solide et robuste afin d'affronter la dureté de la vie. Entre ta naissance en poussière et ta fin inévitable, tu aimerais que cette carcasse te supporte sans défaillance aucune et ne te laisse pas tomber quand elle ressent le besoin capricieux de t'en faire ressentir les failles. Dans les méandres des souffrances qu'elle t'impose, tu dois te montrer fort et braver l'inconnu que t'impose cette condition infligée par un destin que tu aurais aimé plus clément à ton égard.

La vie, loin d'être un long fleuve tranquille, t'impose les affres de la douleur parsemée d'embuches te mettant sans cesse à l'épreuve. Tu as envie de crier ta douleur au monde entier mais tu n'as en retour qu'un écho sourd et larmoyant d'une peine intarissable dont l'apogée retardée ne fait qu'amplifier la noirceur.

La douleur est sournoise et s'immisce quand tu aimerais t'en débarrasser comme une exuvie après la mue. Elle devient maîtresse de ton corps et insidieusement en prend les commandes sans demander une approbation que, si toutefois on t'en avait fait la demande, tu aurais refusée. Tu reconnais ses prémices et tu en appréhendes les effets. L'objet de ta crainte se manifeste à tout moment et tu sais que lorsqu'elle devient lancinante, elle va crescendo, ne te laisse aucun répit, si futile fût-il, pour soulager ton tourment. Bravant cette épreuve, tu t'engages dans cette résistance sans limite que tu as fait tienne et tu mets tout en œuvre pour en dompter les effets indésirables.

Bipolivre

Tu te convulses, tu luttes, le front perlé de cette âpre sueur qui te rappelle la sommité de ce que tu peux affronter. Puis, sa noirceur s'estompe et le soulagement apporté par les antalgiques te laisse savourer à nouveau ce que l'on appelle communément la vie humaine. Néanmoins, tu te prépares au prochain spasme dont tu n'ignores plus les ardeurs maléfiques. Harassé, apathique, ton corps se laisse bercer par ce soulagement éphémère, et si furtif soit-il, en apprécie les frimas dans ses moindres recoins. Au sortir de cette brume douloureuse qui taraude ton épiderme endolori pour pénétrer ta chair meurtrie, tu te fortifies peu à peu pour sortir vainqueur de ce challenge pernicieux que tu t'es vu imposer. Le goût amer de ta bouche desséchée quémande l'eau salvatrice qui saura en étancher la soif. La moiteur dont la fébrilité t'inonde se répand tout en se gorgeant de ta souffrance pour en rejeter le venin abject dont elle est si friande.

Bipolivre

L'alcool grise tes sens mais ses effets éphémères se dissipent furtivement pour laisser place à des aigreurs esquivant la pourriture intérieure émanant de ton estomac malmené. La solitude peu à peu prend possession de ton âme, s'y épanouissant comme le chiendent se répandant sur les plantes. Elle gangrène le peu de joie qu'il te restait et te soumet à une morosité à laquelle tu ne te serais jamais adonnée même à tes heures les plus noires. La flamme incandescente de la tristesse te fait basculer dans les méandres des enfers de tes démons intérieurs. Dans une veine tentative de les exorciser, tu te soumets à l'oubli de tes souffrances en les évinçant de tes songes, mais en dépit de tes efforts, ta volonté, malmenée par ton agonie, s'effondre dans les abîmes de la mélancolie. De funestes pensées parcourent ton cœur, et telles les vagues se fracassant sur les rochers, y laissent une écume amère doucement souffreteuse.

Bipolivre

Chapitre 5

La relaxation

Persuadé que vous êtes le seul coupable de votre état, vous vous adonnez à une relaxation, qui, si elle ne sait atténuer vos maux, saura les adoucir même si cet instant éphémère n'apporte qu'une once de réconfort. Doucement bercé par une voix apaisante et une musique vous menant aux portes de la zénitude, vous vous laissez guider sur le sentier de la paix intérieure. Une douce chaleur vous entraîne vers une béatitude dont vous n'auriez jamais soupçonné les effets apaisants émanant de votre corps astral et vous êtes en parfaite connexion avec l'univers dont vous faites partie intégrante. Vous flottez, tel un être de lumière, vers une lueur incandescente de paix et d'harmonie dans laquelle vous vous réfugiez corps et âme.

Bipolivre

La voix enchanteresse et voluptueuse continue à vous guider sur un fond sonore dont la quiétude vous amène dans les bras de Morphée, berçant vos sens intarissablement. Vous êtes légers comme l'air, pur comme l'eau et votre aura brille de mille feux. Fort de ce constat, vous lâchez prise jusqu'à ce que vos sens grisés vous laissent dériver vers cette brume de bien être salvatrice. La volupté, aux commandes de vos attentes, vous a libéré de toute contrainte et anéanti la moindre résistance.

Bipolivre

Chapitre 6

La vieillesse inéluctable

Au détour d'un regard furtif devant la glace, il n'est pas facile d'accepter les inéluctables ravages du temps. Les années maltraitent sans vergogne aucune ta peau, qui peu à peu, se flétrissant et s'asséchant, se craquèle comme une terre aride malmenée par un temps peu enclin à lui apporter l'eau dont elle a tant besoin. La multiplication des cosmétiques que les publicités t'on fait acheter à des prix exorbitants ne feront qu'amplifier les affres du temps que tu voulais tant masquer. Comme le dit si bien le vieil adage, chassez le naturel, il revient au galop. Ta chevelure abondante a laissé place à un fin duvet dont tu parsèmes chaque matin ton lavabo après avoir constaté que, moins il y en a sur ta tête, plus ton menton s'en recouvre. Le teint blafard s'adonnant à cinquante nuances de gris et la paupière lourde, fatiguée par le poids des années, se laisse aller vers une chute sans précédent.

Bipolivre

Tes plis d'amertume s'épanouissent sur les routes sinueuses que les ridules insidieuses ont su lui procurer. Des étincelles écarlates, plus communément appelées couperose, organisent des réceptions, à ton insu, sur ton épiderme malmené, s'invitant avec des inconnus indésirables du nom de taches brunâtres ou verrues dans le meilleur des cas, ou, carcinomes et mélanomes, issus des quartiers difficiles, dans le pire des cas. Tout ce gratin épidermique met tes nerfs à fleur de peau. Tu t'entends dire que les rides racontent une histoire exacerbant l'expérience quand l'industrie cosmétique te susurre à l'oreille que des potions magiques sauront tenir une promesse à laquelle tu t'accroches comme si tu pouvais faire reculer un temps sur lequel tu n'auras jamais d'emprise. Tu n'as que faire de ces propos fallacieux dont tu ne retiens que les effets pervers et la futilité.

Bipolivre

A l'instar de la boiserie vétuste de ton plancher, tes articulations, de plus en plus similaires à celles d'une marionnette dans le mouvement maladroit, grincent sournoisement, se fragilisent et quand l'ostéoporose et l'arthrose se manifestent à leur tour, se relever d'une simple chute s'apparente à l'escalade de l'Himalaya.

Ta mémoire te fait oublier les mots et met tes maux en exergue. Arrivé dans une pièce où tu voulais chercher quelque chose, tu te retrouves, l'œil hagard, à te demander dans quel but tu es dans cet endroit. Tu réfléchis, rien ne vient, et quand tu retournes dans ton salon, l'objet de ton déplacement te revient en tête, et soupirant lamentablement d'une haleine fétide causée par les avaries d'une dentition houspillée, tu y retournes, résigné, espérant que cette fois, l'oubli ne viendra pas taquiner tes petits nerfs malmenés. Les prénoms sont un exercice que dans un acharnement quotidien, tu t'efforces à retenir, mais tels un oiseau, ils prennent le large et se laissent absorber par le puits sans fond de l'oubli.

Bipolivre

La sévérité de tes viscères est sans appel et inéluctablement se rappellent à ton bon souvenir quand tu leur imposes un mets allant à l'encontre de ce qu'ils peuvent tolérer. Ils te donnent du fil à retordre et se manifestent dès qu'ils en ont l'occasion dans des effets secondaires perfides et insidieux allant à l'encontre de la guérison salvatrice. Tu rêves d'une fontaine de jouvence où tu pourrais t'épanouir et panser les marques du temps en t'adonnant à un bain régénérateur te ramenant vers une jeunesse éternelle que ton corps vieillissant quémande plein d'espoir.

Chapitre 7

L'hypocrisie

L'hypocrite se masque derrière un pseudo sourire bienveillant quémandant tes faveurs en faisant semblant de ne rien attendre en retour alors que dans ta chute éventuelle, il serait le premier à t'écraser de toutes ses forces. A l'instar du menteur, il s'immisce subrepticement dans ta vie alors qu'il n'en faisait aucunement partie auparavant et ta cupidité le nourrit généreusement. Sous de meilleurs hospices, tu l'aurais rembarré joyeusement comme toi seul en détient le secret, mais ta maladie amplifie les maladresses qu'il multiplie et tu n'as guère cure de ce déploiement de fausseté à ton égard. Dans ta quête d'attention, tu le laisses penser que tu as l'intime conviction de la véracité de ses propos alors que tu n'as que faire de son bavassage volubile dont il te rebat les oreilles. Réfractaire à ce genre d'individu, tu leur restes imperméable et ne laisse aucunement tes choix te guider dans leur sens.

Bipolivre

Chapitre 8

La bêtise empêche-t-elle la maladie ?

Le simple d'esprit vit dans l'ignorance de toute connaissance, donc dans l'ignorance de sa médiocrité. Il est par conséquent à l'abri de tout stress, de toute torture mentale qui serait tentée de le titiller un jour et il se contente de vivre et de s'intéresser à des futilités dont la télévision et les divers réseaux sociaux nous inondent chaque jour.

Sa bêtise perturbe les intellectuels et autres érudits dont le cerveau et les méninges sont perpétuellement atteints par une soif de connaissance intarissable. La quête du Saint Graal, la culture et la connaissance dont il se nourrit chaque jour, le poussent à aller plus loin dans l'acquisition du savoir, mais cela ne le rend pas plus heureux. Plus il sait, plus il apprend, plus il découvre, et plus la bêtise humaine est insupportable à ses yeux.

Bipolivre

Quel est le but ultime de cette existence si ce n'est au moins d'être heureux ? Or, plus on sait de choses, plus on se rend compte de l'abjection dont le monde dans lequel on vit est devenu synonyme.

Des gens meurent de faim, d'autres tuent, au nom de chimères ou de dérives sectaires ou n'importe quelle autre forme de dictature imposées par des hommes peu scrupuleux, belliqueux ou avides de pouvoir.

Nous vivons dans un monde sanglant (ou avec…), manipulés à tous les niveaux, par les institutions, les gouvernements, les médias. On pense à notre place, on nous impose des choix, on nous dicte une vie dont nous avons oublié d'être le décideur principal. On s'octroie peu de plaisirs et on se cantonne à une routine dont notre quotidien ne nous débarrasse jamais. Nous sommes esclaves d'une société sur le déclin, que certains ont la folie ou le vain espoir de vouloir sauver, au nom de quoi, de qui, dans quel but ultime ?

Bipolivre

Pourquoi avons-nous oublié d'être heureux ?
Pour répondre aux diktats que la société nous
impose ? Pour oublier la médiocrité vers laquelle
on nous tire chaque jour ? Comment être
optimiste pour sa descendance alors que tout est
fait pour valoriser la médiocrité et l'ignorance
dans un monde où tout ce qui est touché par
l'homme devient abject et sans fondement ?

Vivre heureux ou ne pas vivre, telle est ma
question…

Chapitre 9

Quand l'amour laisse place à la haine

Ayant perdu momentanément ton pouvoir de séduction et ton handicap te rendant dépendante, tu verras ta moitié se révéler sous son véritable visage, et, sans aucune retenue il te fera comprendre que ses obligations, et tu n'en fais apparemment pas partie, le dispensent de toute aide à ton égard. C'est dans l'épreuve que la valeur des sentiments se manifeste au grand jour. Les yeux sont le miroir de l'âme et les tiens se remplissent de larmes en prenant conscience de la dureté des propos de l'être cher.

Comment concevoir que quelqu'un qui prétend vous aimer vous laisse tomber dans les moments les plus difficiles ? Divers sentiments vous taraudent tour à tour, passant par la colère, le rejet, la haine, voire le mépris.

Bipolivre

Envahi d'un sentiment intense de révulsion à son encontre, submergé par un flot contradictoire de ressentis infligés par une vague de peine sans limite, ton égo bafoué se sent l'envie d'une rébellion sans précédent. Son comportement de mufle ne trouble en aucun cas son sommeil et ses ronflements s'assimilant au vacarme d'un train ne dérangent en rien sa quiétude qui s'en va crescendo au fur et à mesure que ta colère s'épanouit jusqu'à son apogée que tu reçois comme une violente claque que tu n'as pas méritée. L'effet libérateur de cette catharsis te pousse dans les retranchements les plus profonds de ce que l'être humain peut produire sur un autre. Fortement épris, l'humain rejeté peut sombrer dans la folie ou s'adonner à la colère pour s'en préserver. Une tempête de sentiments contradictoires le mène sur un fleuve tumultueux d'un courroux sans limite. Hargne et rancœur ont rempli un cœur sec, vidé de tout amour et accaparé d'amertume.

Bipolivre

Ton attirance s'est transformée en rejet et tout ce qui te séduisait en lui, s'estompe petit à petit, pour laisser place à une aversion incontrôlable. L'atrabile malmène ton humeur et te fait vaciller vers un puit chaotique de désespérance. Ton vague à l'âme surfe sur l'eau d'amertume des écumes funestes de ton cœur brisé échoué sur les rives de la morosité dont ta vie se nourrit avidement. L'objet de ta lypémanie tourmente tes viscères et tu te laisses dominer par une affliction que ta souffrance appelle à toi sans relâche. Tes papillons noirs virevoltent dans une danse macabre dont ton encéphale obnubilé par des pensées pathétiques est devenu avide.

Bipolivre

Chapitre 10

Une société manichéenne

Après avoir sombré du côté obscur, non pas de la force, mais de ta faiblesse, tu ne peux que te relever, peu à peu, et sortir du sentier de l'agonie pour remettre ta vie sur le chemin de l'allégresse. La noirceur doit laisser place à une flamme incandescente d'espoir te guidant vers la lumière enjôleuse irradiant le mal et le renvoyant aux ténèbres auxquels il appartient. Le sol t'a retenu trop longtemps dans sa basse besogne consistant à amoindrir tes forces et tu aspires à léviter vers de meilleurs hospices. Le charismatique malin ne retiendra pas ton attention, tout séduisant qu'il fut et s'il s'attend à ce que tu succombes aux ravages qu'il t'infligerait, c'est sans compter sur ta force intérieure qui saura dominer toute atteinte à ta dignité, fût-elle malmenée jusque dans ses moindres recoins.

Bipolivre

Tu bois le calice du bonheur jusqu'à la lie et n'aspire plus qu'à une paix intérieure que tu n'aurais jamais pensé faire tienne. Tel le Phoenix qui renaît de ses cendres, tu transcendes tes vieux démons pour les exorciser, laissant la brume sombre s'épanouir dans le couloir infini du temps et une clarté enchanteresse se répandre généreusement. Fortifié, tu te présentes devant l'autel du ravissement et t'offres une autre chance d'en apprécier les bienfaits.

Épilogue

Renaissance

Tel le Phoenix qui renait de ses cendres, tu accueilles le retour à une vie normale avec un enthousiasme teinté d'appréhension, certes, mais tu te laisses néanmoins bercer par cette lueur d'espoir salvatrice qui saura te guider vers le chemin de la guérison. Tes souffrances s'éloignent peu à peu, faisant partie d'un passé dont tu quémandes l'éloignement et que tu ne fais rien pour n'en retenir ne serait-ce qu'une once de souvenir. Ta souffrance surannée est tombée en désuétude alors qu'elle te réclamait à corps et à cris dans son envie de te détruire. Tes craintes s'envolent telles les feuilles d'automne balayées par le vent et toute la quiétude que tu abhorrais jusque-là te rend enfin justice, s'offrant à toi comme une évidence. La vie coule de nouveau dans tes veines et ton sourire ressuscité éclaire un visage que tu ne voulais plus entrevoir dans le miroir.

Bipolivre

Si tu fus l'ombre de toi-même, ton aura laisse émaner l'étincelle lumineuse de ta renaissance. Tu en savoures la substantifique moelle et laisse s'écouler en toi la sève bienfaitrice apaisant tous les maux. Tes piètres souvenirs douloureux sont rangés aux oubliettes et la raison s'est de nouveau imposée à toi pendant que ton spleen déchu se détourne définitivement de ton chemin que tu ne souhaites plus jamais empreint d'affliction.